Fritz Hönig

Geschräppels

Fritz Hönig
Geschräppels
ISBN/EAN: 9783744655149
Hergestellt in Europa, USA, Kanada, Australien, Japan
Cover: Foto ©Andreas Hilbeck / pixelio.de
Weitere Bücher finden Sie auf **www.hansebooks.com**

„Geschräppels."

Humoresken
von
Fritz König.

Erster Band.

Köln, 1875.

Verlag von Friedrich Hepn.

Franz Stollwerck's Buchdruckerei.

Inhalt.

1. An ming Fründ.
2. Di Bühr.
3. Der Trauring.
4. De Kavenschaff.
5. Der Boore-Jung em Thiater.
6. Kodderbove-Streich.
7. Der Kehrjung.
8. Nen Boor op der Bahn.
9. Der Gesang.
10. Des Sängers Flooch.
11. Di Leed vum Ting.

An ming Fründ!

Wie öfterſch hoot ich ming Bekannte ſage:
Ich möhg ding Saachen avgeſchrevve hann,
Mer hät ald he un do jet vörzobrage,
Wozo mer bit un bat wahl bruche kann.

Un And're wollte ſe derheim ens leſe,
Weil ſe der Vördrag ſälver nit gehoot.
Gefällig hann ich mich 'ſu lang beweſe,
Bis datt et endlich doch ſo doll meer woob.

Do fung ſich Einer, öm ſe ſo verläge,
Dobei noch mieh wie goot bezahle woll;
Mie Honorar, dat hann de Arme kräge,
Un hä, 'ſu vill en Bändche halbe ſoll.

Ich hann kein Zitt ſe Jedem avzoſchrieve,
Dat geiht me'm allerbeſte Welle nit,
Wer ſe gebröff nit well, bä liht et blieve,
Dann kann hä ſinn, wo hä ſe anderſch krit.

'Nen Dheil vum Brässel, bä ich alb geschrevve,
Hann ich „**Geschräppels**", we Ehr seht, benannt;
'Nen and're Name wöss' ich nit zo gevve,
Hä pass' et bess' op „Jet vun Allerhand"!

Mer säht: „Unprobeet hat bheit nit schmecke!"
Dröm fangen ich met diesem he ens an,
Un merken ich, datt die Gebeechte trecke
Dann kümp auch bahl et zweite Bändche bran.

Et Motto: „Les' et All un stel et Besste!"
Dat wor vun je her luuter ming Devis,
Dröm maht der Stoff bis jitz meer kein Muläste,
Wie hat et ezte Bändchen Üch bewies.

No kann mer Mänches unschineeter sage,
Als et sich schrieven oder brökke liht,
He muss' mer jedem Gustes Rechnung brage,
Domet mer nit op Nevvewäg gerieth.

Dröm hann ich Alles öhntlich durchgegange,
Un wo et nübig auch jet korischeet,
Doch mot Ehr nit zo vill vun meer verlange,
'Nen Dilettant eß nit Beroofspoet.

An Lükk, die üvver Alles schikaneere,
Meer leider Gobbes keine Mangel hann,
Deßwege bheit meer Dä nor imponeere,
Dä meer bewies, datt hä et besser kann.

Die köllsche Krätzcher, die em Häuv meer sohße,
Die flege jitz, wie Duve durch et Land,
Ich wünsch' nor, dat se do sich nibberlohße,
Wo minge gode Welle nit verkannt!

Köln, 1875.

Fritz Hönig.

Et Bützje.

(Nach Saphir.)

Vun Allem, wat uns he em minschliche Levve passeet,
   Do weed mer 'su goot et nor geiht durch de
                      Bööcher beleh't,
Op alle Maneere, en Proja un voll Poesie,
Vun Davidis Kochbooch an, bis zor Astronomie;
De Kuns zo gefalle un sich jet anmödig zo maache,
Un wo mer sich äns hät zo halde un wo mer darf laache;
Wie lang noch de Welt un de Minsche bestonn,
Un we, se dann vör un zo noh auch vergonn;
Wat Mädcher un Fraue nit all' zo beaachte,
Un wat mer soll lohsse, wonoh meer besonbersch zo
                            traachte;
Wie Amor un Psyche zor Ziff karesseet,
Dat weed mer durch Bööcher noh Regle geleh't.

No hann ich bei meer et begribbelt un öfftersch gefaht,
Woröm se bis jitz noch kei Booch op et Bütze gemaht.
Dann wer ens zum Bütze nor je en Gelegenheit fung,
Dä weiß us Erfahrung, datt schwerer et wor, als et
schung;
Un wie mer et Bütze no eigentlich mäht,
Dat eß doch en Saach, die kei Minsch uns he säht,
Dat muß mer durch praktisch un mündliche Anleidung lehre,
Dann nor vun der Praxis, do kann mer et miehts
profiteere.
Dröm dhät ich bei Zikke auch ußer dem Lesen un
Schrieve,
Als Jung ald et Bützen op alle Maneere bedrieve.
Ich hann et geleh't met vill Mööhte un met Enerschie,
Dann Fließ un jet Usdoor ersetze Verstand un Schenie.

Wat ich no 'fu felver erfahren em Levve,
Well hükk ich freiwellig zum Beste he gevve.

Der Zoorte sin vill un boröm hann ich jederlei Aat
För sich ganz besondersch noteet un en Klasse gebraht.

Do hät mer zum Beispill: Verbobbte, benotzte,
Godwellig gegevven, erlaubte, gebotzte.
Mer bütz sich ganz offe un heimlich em Stelle,
Un rich sich bernoh, wie die Mädcher et welle.

Ein Jeder, dä bütz, wie hä kann: Fing, grohv, off ald
ens rauh,

Un unger Omſtänd met Geſööhl, kalt heiß, höhſtig un lau;
Der Eine bä bütz batt et klätſch, der And're bütz brüg,
Un wer ſich verſchwört, batt hä keimohl gebütz hätt, bä
lüg!

Et beſſ' mer et Bütze em Pänderſpill leh't,
Mer bütz bis der Mungk einem fujelig weeb.
Zum Beiſpill: Ich hangen am Krüzche,
Wer mich leev hät, git meer en Bützche!
Dat Mäbche, wat hängk, eß bat jung un abrett,
Dann laufe de Häre wie geck öm de Wett;
Dann bäuen un bränge bie Ströpp,
Un ſtüſſe ſich bülige Köpp:
Doch wann alb et Mäbchen en beſche bei Johr,
Dann hatte be Köpp eſu leech kein Gefohr. —
Polſch Bebb'le zo gonn eß för Mäbcher en Nuth,
It krit bann et Bützche, der Mann en Schnett Brub;
Doch Zwei, die ſich gän hann, die liht mer ſich bichte,
Die künnen et Bütze 'ſu ganz noh Belöſſte verrichte. —
Wat mich anbetrohf, meer geſeel boch vör Alle,
E Mäbche, wat beef en der Pötz wor gefalle,
Dann zallte bie And're be Bützcher wie Beie;
Verbhät ich mich ens, no bann leht ich je ſchreie,
Ich hann, weil ich räuhigen Bloot's bei der Saach benn
gebleyve,
Die zovill gebützte bem Mäbchen auch wibbergegevve.

Die Bützcher, die Kinder vun Ältre des Dags üvver
krige,

Die dhun, wie mer säht, esu mieh — en Gewennden
alb lige;

Die Bützcher, et eß wahrhaftig zum laache,
Die Vatter un Mutter un Tante bewaache,
An Pohzen, an Dhürren, an Finster un Gaade,
Wo oss mer em betterste Rähn op muß waade,
För die mer met Stund op der Door alb geläge
Un schleeßlich m'em Bützche auch Klatsche gekräge,
Op die sin de Mädcher am ärgste versesse,
Un hann för de Jungen et miehzte Intresse.

Wer jet dren erfahre, eß klohr sich bewoss',
Met Fisematänte zo bütze, dat eß 'ne Genoss';
Doch künne de Mädcher, dat leht ich meer sage,
Beim Bütze vill Omständ durchus nit verbrage.

En heimliche Liebschaff, die leh't spikuleere,
Wer scheut nit et schneien un aach nit et freere;
Küt endlich, wann Mondsching nit steiht em Kaländer,
Et Mädche ganz höhsch an et Gaadegeländer,
(Un reck durch de Tralljē et Mühlche zum Bütze bereit,
Et Häz en der Bohsch uns vör Freud wie 'ne Lammer=
stäz schleiht!)

Verbobbe, die git mer am leevste; et gilt sich nit krige
zo lohße,
Doch sin de Verröther 'su good en de Hüser, wie auch
op der Strohße;

Dann mohlt Üch die Freud, wann e Kind zo der Mutter
ens säht:
„Der Vatter, dä bützte em 'Lansgonn em Husgang die
Mähd,
Hä hät mer 'ne Groschē gegevve, un säht meer, ich soll
et nit sage,
No lohß dich nits merke, söns dheit hä am Enk noch
et Geld meer verdrage!"

Un no der Versöhnungsbutz zwesche der Frau un dem
Mann,
Eß Eine vun denne, wo Engel Vergnöge dran hann;
Wann se vun Morgens bis Ohvends sich Schnüsse gemaht,
Dann hät 'ju 'nen Butz vör dem Schlohse der Fribbe
gebraht.

Auch nit zo vergesse 'ne Mann, dä ei Mädche noh'm
Andere hät,
Un steiht do et sibbete Mohl no met bangem Verlangen
am Bett,
Wann demm de Wahtsfrau met Gelesten e Jüngelche git,
Dat krit enen Butz, wo e Weltall vun Glökk enne lit.
Dat well nor gefoohlt sin, dröm lohß'n ich et blieve,
'Nen Butz vun der Aat Üch met Woht zo beschrieve.

Et Widdersinn hat git Gelegenheit, goht nor zor Bahn
Un seht do dat iwige Gebütz om Perron Üch ens an.
Un no zum Abschied weed gebützt, wer verreise nor dheit,
Wer ohne Gepäck op eindägig Retoorbillet geiht.

'Nen Butz op be Steen, no bä bheit mer nor nippe,
Dä kann an 'nen hätzlichen Butz op be Leppe nit
tippe.
De Aristokrate, bie bützen et miehts op be Steen,
Doch bat altereet nit et Hätz un erreg nit et Heen.
Dann bütz mer en Steen, bie geschmink eß, bann blieb
mer brop klevve,
Un eß se zo schrumpelich, — bann soll ber Deuvel inn
gevve!

'Nen Butz op be Hand hät för Kenner nit Senn un
Verstand,
Et wör bann en wööbige Mober, en quis'liche Tant.
Der Jung wie et Mäbche, bie benke, bo well ich för
stonn,
Wer git un bä krit: Op ber Mungk wör et besser
gebhonn.

Bützhängcher ranscheere alb miehter zum Ruth=Tiligrave=
System,
Un sin för einanber be Lieb zo gestonn, ungeheuer
bequem;
'Su bahl be Bützhängcher be Mäbcher nit schölbig uns
blieve,
Getraut mer sich auch, — wat mer lang alb om Hätze,
— zo schrieve.

Die Bützcher, bie Mäbcher ungereinanber sich gevve,
Hann niks zo bebükken un bhun et Gemöth nit erhevve.

Et Kleidche noh der Mode zo drage eß auch 'su en Saach,
Vill Mädcher, die hann et geweß nit gehörig bebaach,
Datt't besser et unger, wie bovven am Kleidche zo spaare,
Un wat ene Mann nit sinn sall, auch sittsam zo bewahre.
Jung Häre belöss' et, wie ahle verschlessene Hippelepippe,
Op mugg'lige Schold're, der Eine zo bütze, der And're zo tippe.

Wann Männer sich bütze, zor Nächten un Linke,
Dat schmeck wie en Esse, wobei niks zo drinke.
Un wann se sich bütze, dat nemp meer nit üvvel,
Dann sin se auch miehstens en beschen em Stivvel;
Wann die der Schampanger bemeistert,
Dann sin se derartig begeistert,
Dann bütz 'su 'ne Mann blingelings, wat imm grab en de Fingere küt,
Un bütz bis zo Hus noch der letzte der Knäch an der Dhöör vun imm krit.

Bei Männer eß dann nor et Bütze zo aachte,
Wann Zwei, die gewennt, sich als Fründ zo betraachte,
De Freud hann gehheilt un et Leid sich geklag,
Zosammegehalbe en jeglicher Lag,
Die troh se 'su 'n ahle Bekannte,
'Wem häßlichen „Doo" sich nit nannte,
Us ennerem Drevv en be Arme sich sinke,
Om Schmollis op bröderlich „Doo" noch zo drinke.

No denkt Üch 'nen Putz, wie de Knächte und Mähde
  sich gevve,
Meint mer nit, der Eine dä blev op der Andere klevve:
Dann kumme die ens met de Müng openander zo lige,
Dat eß jo öm Blohder un Hohn an de Leppe zo krige.

Wann ich no rekapituleere un räuhig erwäge,
Die allerhands Bützcher, die ich alb em Levve gekräge:
Meer hükkiges Dages der Mungk noch ens wässerig
  weed,
Dann Bütze, dat eß en Belöss', wat sich niemohls verleet.

Sollt ich no en Bützche geschlabbert noch hann,
Womet ich et Register bereichere kann,
Dann kut nor, ehr Mädcher un Fraue getrus he eran,
Em Bütze do nemmen ich gän jet Belehrung noch an.
Ich dhun Üch jo Alles öm Neues zo lehre,
Un lohß' meer, wann nüdig, der Schnäuzer raseere.

(Nach einer Pause.)

We? Nit emol Ein? Dann ben **ich** Üch jo All' üvver=
  läge:
Eju jet zo wesse, dat mäht mich beraatig verwäge,
Datt ich mich erbeede un auch der Erfolg garanteere,
Die noch kein Erfahrung em Bütze et öhntlich zo lehre.
Domet no be Dame durchus nit schineet,
Hann ich hebenevve ming Schull etableet.

Der Trauring.

(Nach J. van der Giese.)

Jung, ligeer meer jitz be Saache,
  Dann der Schmelzpott eß en Hetz!
Hükk muß ich 'ne Trauring maache,
  Dröm, boo Fulig, wäg dich jetz.
Mer muß sich langsam dren ergevve,
Met Möh' un Plohge en der Welt zo levve,
Un fehlt der Säge gar vun bovve,
Dann soll der Deuvel noch et Handwerck lovve!

Bei Arbeit, die mer gän bedrieb,
Mer auch e Woht ens zwesche flekk;
Wann Mungk un Kopp nit möößig blieb,
Dann rötsch be Arbeit wie en Schmekk.
Dröm loht uns jitz ens lus betraachte,

Wat durch die Minschehand entsteiht;
Dä bomme Minsch muß mer veraachte
Dä nie begribbelt, wat hä dheit.
Dann dat eß, wat der Minsch dheit zeere,
Dröm hät hä Kundewitte kräg,
Un All', die ohne Plan hanteere,
Geiht et em Levve miehstens schläch.

Treck am Blohsbalg, dhun jet foche,
Datt et Golb zosammeflüüß,
Un vergeß meer nit et stoche,
Weil uns söns der Schmelzpott rieß.
Un Salpeter weed boren gerööh't,
Datt der Goß nor jo räch schmibbig weed,
Donnet de Unbog bren vergeiht,
Et Golb sich vun be Schlacke scheidt.

Wat beef en Löcher en der Ähde
Met Dutsgefohr der Bergmann fingk,
Muß hükk noch zo 'nem Trauring wäde,
Dä Mann un Frau zosammebingk.

Süch, wie klohr et Golb dheit fleeße,
Grad als wann et Wasser wör;
Jitz eß et Zikk et uszogeeße
Flökk, rekk be Form meer her!
  Maach dem Schmelzpott Loog,
    Krig inn met der Kloog —
No geeß us — doch nit zo flökk,
Söns der Goß uns leech mißglökk.

Datt et Glöck un et Verderve
Vun Geboot biß an et Sterve
Flöcker wähßelt wie der Wind,
Süht am besste mer am Kind.
Imm bheit et Scheckjal noch verschleeße,
Ov Destlen imm, ov Ruje spreeße.
De Mutter, unger Bützen, unger Lecke,
Dheit us dem Dreck besorg et trecke.
Un langsam wähs mer dann eran,
Fängk en der Schull Bekanntschaff an;
Doch der Vatter klöglich scheck bei Zicke
Singe Jung glich en de Welt erus,
Un su küt hä später us der Wicke
An Erfahrung rich un groß noh Hus.
Doch netter wie vör winnig Johr,
Nit mieh em wölle Jusep gonn,
Met Schmische un frijeete Hohr
Süht hä et Mädche vör sich stonn.
Do fööhlt hä jet an singem Häße,
Wat hä nit kennt; hä krüß eröm,
Söns woß hä wahl sie Woht zo säße,
Doch jiß eß hä verläge dröm.
Un öm ehr Hus dheit hä am Ohvend schliche,
Su lang e Leech op ehrem Zemmer blink;
Wie vergnög süht mer noh Hus inn striche,
Wann sei zum Amerauh am Finster wink.

Wat e Wünsche, wat en Hoffe,
Och bat ezt' Verliebsin, wat en Freud!

Hät et ens et Hätz getroffe
Der Verstand uns zifflich tirre geiht.
Och bhät se doch nor länger beihe:
De golde Zikk, et ezte Freie!
Doch vum Mädche rieß sich stolz der Jung,
Denn et Vaterland eß en Gefohr,
Un kein Bebbe singen Drang bezwung,
Troh hä keine vun be Stärkste wor.
Se bhun en aller Il inn everzeere lehre,
Un dann 'mem ezte Schubb noh Frankreich hinspideere.
Hä meint vör Wooth no bahl be Krauz zo krige,
Dat wikk vum Schoff' hä en Reserv muß lige;
Doch ens em Bivak mebden en der Naach,
Als hä em Draum grad an sie Mädchen baach,
Weckten unverhoff be Trumme,
Die Reserv, zo Hölp zo kumme.
Un em Sturmschrett geiht hä vör,
Ahnungslos en sie Malheur.

Hurrah! Meer hann gesieg! su schreit der ganze Troß,
Un Keiner ahnt, wat et an Hätzeleid gekoss'!
Wat tausend, tausend Mutterhätze
Hann groß getrocke, lit no bo;
Do lit et no, verstümmelt un en Schmätze,
Un nit 'nen Hahn, bä krieht bernoh.
Wat Mutterlieb als Kind gewekkelt,
Dat lit als Jung noh bo zerstöffelt.
Dä Gedanke uns nor trüste kann,
Datt meer sih en einig Deutschland hann.

Jung, no flöck der Goß probeet,
Ätz et Gold om Stein ens jet;
Nor wat nit sing Klöör verleet,
Secher sing Karate hät.
   Dhun et met dem Hammer sträcke
   Un om Amboß kräftig räcke,
Smesöns hätts boo dich avgemööht,
Weed et av un zo nitt usgeglööht.

Dann alzosträng, dat kann nit binge,
Un niks liht met Gewalt sich zwinge;
Dröm, dä sich traut, dä darf nit spaße.
Pröft, ov zosammen ehr dhot passe,

Dann be Loss' an gecke Dinger,
Hööt auch met der Huhzick op,
Un der Trauring an dem Finger
Sätz der Sorg et Siggel op!

Der Wahn, dä verflüg,
De Treu, die muß blieve,
De Blom, die verdrüg
Der Sohm, dä muß brieve.
Der Mann muß erus
Us Sorg för et Hus,
Geschäftig zo lause
Muß handeln un kause,
Sich schinnen un plohge
Un mänchmol jet wohge,

Muß wöölen un klaafe,
Et Glöff zo eraafe.
Dann süht hä der Richdhum sich däglich vermehre,
Bahl bheit et an Plaatz op der Lauv imm mankeere,
Hä baut ene Schoppe, vergrößert et Hus,
Wo Fließ eß, do blien auch et Glöff nit mieh us.

Un bomet nit verent,
Wat hä fließig gewent,
Do hät hä em Hus
De Mutter zum Trus;
Die bheit ganz bescheide
De Hushaldung leide,
De Kinder ertrecke,
Un Fließ bren erwecke,
De Mähde bekieve
Un mangle un stieve;
Dheit büglen un strekke
Un stoppen un flekke.
Se bheit sich am Spennrab un Haspel vermaache,
Un bärmt en be Keste vill nötzliche Saache,
Se stivvelt em Schaaf, dat noh Firniß noch rüch,
De Hember, be Kleider un sönstiges Züg.

Der Vatter steiht met gobem Mooth
Un üvversüht sin Hab un Goot;
Hä meint, dat wör no benne
Un künnt imm nit verlore gonn,
Imm küt nit en be Senne,

Wie waklelich meer Minsche stonn.
Der allerrichste Mann op Ähde,
Kann flökk zum ärmste Minsche wäde.

Munter höppe noh ber Schulle
Fröh be Kinder, öm zo lehre
Wat dernoh se wesse solle,
Wann be Kindheit op dheit höre.

Su, no krig ber Droht mer hohß,
Flökk inn op be Walz gebraht,
Beug inn op et rächte Mohß,
Wie ich off et vörgemaht.
   Strich der Borax drop,
   Läg et Schlagluth op,
Dhun Spir'tus op be Lüthlamp geeße,
Datt beiße Enk zosammesleeße.

Et Föör eß doch en kostbar Saach,
Su lang ber Minsch et goot bewaach.
   Zo bedoore
   Wann durch Schmoore
Flüg e Fimpche en et Strüh,
Hus un Hof eß glich futtü.
Och! et eß schrecklich wann et brennt,
Et Föör jo kein Erbarme kennt;

Verloht Üch nit op bie Pumpje
Un sin se auch su goot wie he;

Auch be Wasserleitung sätz üch drop,
Dann wo Ehr se brucht, eß se verstopp.
   Un be Tiligravebröht
   Ramore wikk un breit,
   Datt mer op der Waach et hööt
   Wo et wirklich brennen bheit.
   Wann be Spritze rohße
   Durch die enggebaute Strohße
   Och, dann rikk et Unglökk schnell;
   Mer süht be Spritze met der Bäll,
   De Wasser- un Personekaare,
   We Alles koot un klein se fahre.

   Wat en Wolk!
   Röf et Volk,
   Un der ganzen Himmel
   Eine Funkewimmel,
   Röm un töm sich Flamme zeige,
   Maachen Alles sich zo eige.

Griselich, 'ne wahre Jammer
Om en Hööhnerhukk zo krige,
Wann et heisch, datt en der Kammer
Kinder en be Bedder lige.
Ganz unmüglich uszomaache
Eß be Hetz, un Balke kraache,
Träuse falle, Rutte springe,
Wiever hüle, Puute gringe;
Alles bammelt, zibbert, zabbelt,

Un en Flaggestang, de schwabbelt,
Wedderfahne breche, bimmle,
Föörlükk durchenander wimmle,
Daghell eß de Naach geflackert,
Mallig bagert, püngelt, rackert,
Merk nit, bei der Hälligkeit,
Datt uns Gas nit lööchten bheit!

Weil de Wasserleitung nit em Stand,
Sin de Bürger flökk zor Hand,
Un de Emmer flege widder
Durch die goot posteerte Glibber;
Un der Branddirektor hööt mer schreie,
Do hä bat Singnal nit fläute kann,
Grad wie wödig stäuv hä durch de Reihe,
Wo se op der Schlauch getrobbe hann:
„Rasch ein neuer zum Ersatz,
Denn der Schlauch ist schon geplatzt!"
Un us de Wasserleitungsröhre,
Die enzweschen alb gefleff,
Gitschen öm de Gloot zo störe
Zwanzig Schläuch em Augenbleff;

Stundewikk der Himmel lööch,
Bun Gehöög — zo Gehöög
Schüütz de Flamm durch Pannebäächer,
Durch et Pliesterwerk un leime Fäächer,
Süht mer Alles knatsch verderve,
Möhg vun Hätzeleid mer sterve,

Dann dat soorverbeente Goot,
Geiht zum Troor en Flammegloot.

 Un ohne Trus
 Vun allem blus
Wich der Minsch, weil niks zo maache.
Evvevill süht hä sing Saache
Wie versteint vum Föör verzerre,
Dann hä kann et nit verwerre.
Un wat nit kapott geworse,
Hät et Wasser noch verdorve.

No dhun inn en e koffer Kümpche,
Nemm Allung, doch nit vill, e Klümpche,
Koch inn, bis et Wasser brus
Un der Dreck sich avgelus.

 Avgebrannt vun be Flamme
 Lit der ganze Weul zosamme.
 Eine sehnsuchtsvollen Bleck
 Noh'm Zerstoote
 Zogehoote
Dheit noch ens der Minsch zorökk.

Doch Frau un Kinder sinn imm blevve,
Die Mooth un Krass zum Schaffe gevve.
Wat hä vum Föör gerett', dat liht hä schätze
Un dheit et met dem Trauring all versetze.

No fängk der Fröößel widder an,
Doch Fließ un Usboor hilf imm dran.
Un wat Erziehung bheit
Jitz en Erföllung geiht:
Der Aeltre größte Freud,
Bei Unglökk un bei Leid
Eß, datt be Kinder enngeschlage
Un auch wie Kinder sich bedraage.
Denn Aeltre ehre Welle
Erfölle sei em Stelle,
Schasse, rohde met Verstand,
Hölfreich üvverall zor Hand;
Dann sin be Aeltre för ehr Mööhte
Satt beluhnt, wie't sich geböte;
Huhgeeh't em Hus vun Jedem,
Dohchter, Sonn, un Schnürg un Edem.
Un su küt dann endlich huhgeaach
Unger Freud bä golde Huhzikksdag.

Ehrfurch bheit die brave, schwaache
Aeltre unverläßlich maache;
Om ehr Alterdhum zo ästimeere,
Dhun de Kinder jitz e Fessche feere.
All be Häng, die sin beschäftig,
Backe, brohde op et Bess'
Un der Wing, räch alt un kräftig,
Waat ald op be Huhzikks-Gäss',
Die bat Paar zor Kirche fööhre,
Wo se ald vör fussig Johr

Treu sich sprohche anzohöre
Un heele dat Verspreche wohr.
Dankbar bhun be Meſſ' ſe höre,
Danken Demm, dä dieſen Dag gegunnt.
Mallig bheit ſe grateleere,
Wünſch ſe lang noch röſtig un geſund.

För goot Gelühts, do kann mer ſtonn,
Der freſche Stoſſ dheit ehter rieße;
'Su ſall et auch 'mem Trauring gonn,
Dä muß uns an be Häng verſchließe.
Kei Kreeſteminſch geiht gän derohne
Et eß un blieb et ſchönſte Pand,
Om Schauf dheit eſch der Mann met Throhne
Der Frau der Trauring vun der Hand.

Schöne Fridde,
Sööß Verdrag,
Blieb uns eige,
Alle Dag!
Dann wo ſich Familje kränke,
Luter op Schikane denke,
Die, wann Einer eß geklomme
Imm niks günne — falſch inn ſcheue,
Äver wann hä avgenomme
Schadefruh ſich brüvver freue!
Wo et 'ſu'n Verhältniſſ gevve,
Soll der Deuvel zweſche levve!

No Jung, jitz bhun dich ile
Un gev der Mööh, bä Ring zo fiele,
Dann Fielekrätz un Schavelsstriefe
Sin bernoh nit brus zo schliefe;
Schlief jitz üvverall bat Glatte,
Krig der Trippel flökk hervör,
Dann der Glanz bä git dem Matte
Esch die schön Dukateklöör.

Der Minsch mäht sich der Sching zo eige,
Doch Alles eß nit Gold, wat blänk,
Dröm schändlich, die verlieb sich zeige,
Wo doch et Hätz ganz andersch denk.
Sööß klaaf der Jung als wie 'nen Engel,
Verbirg sing Absich luus,
Doch hann se sich, dann weed der Bengel
Meteins Tyrann em Hus.

Wo Dürpelbräger zwesche brage,
Wat he se höre, bo se sage,
Wo Geldgeer sei zor Heroht brieb,
Do hätt der Fribbe kei Verblieb;
Doch gonn be Ehlükk Hand en Hand,
Dann eß be Eh' ne golbe Stand!
Doch wann se sich nit ruche künne,
Der Mann, bä blieb be Naachten us,
De Frau, se kann sich nit vergünne,
Un lamenteet un kriesch zo Hus;
Hä uz se noch bei ehre Klage,

Der Üvverdroß nimp üvverhand,
Un plaaz getraut sich zo verbrage,
Weeb sich geruffelt un geschant.
Flööch un Donnerkiele schalle,
Rutte klinke, Schottle falle,
Teller flege rund eröm,
Alles wirf hä öm un töm.
Sei wellt inn noch em Geff durchbohre
Un schnapp vum Desch et Köchemätz,
Hä rieß se op de Ähd met Hohre
Un tritt ehr wödig op et Hätz,
Sei auch noch su lang zerschleiht,
Bis se keine Krau mieh bheit.
Niks blieo der Frau, als blos et Kind,
Wat ehr bis jitz der Ehstand bhät versööße;
Se sträuf der Trauring av geschwind,
Un wirf dem Mann inn vör de Fööße!

Gefährlich eß et, wann mer Gecke
Un Vollen en der Wäg jet läht;
Doch zum Schrecklichste der Schrecke
Off Schalusie de Minsche mäht.

Gott hälf demm, bä en Frau bheit werve,
Un dann bei ander Wiever gheit.
Et deiht imm nit, hä muß verderve,
Hä mäht et Levve sälvs sich leid.

Datt dem Ring bheit niks mankeere,
Un fiks un fähbig eß parat,
Krig der Stechel zum Graveere,
Flökk der Name dren gemaht.
Der Trauring eß no endlich fäbig,
Des Segens blieo hä blos gewäbig;
Zor Einigkeit en allen Dinge,
Soll hä op iwig sei verbinge.
Hä sall der Frau am Finger blänke,
Doch nit als Stoht un Flitterkrohm, /
Als immerwährend Angedenke,
Wat als Symbol der Treu se nohm.
No der Ring schön avgeputz
Un bomet hä nit beschmutz,
Dhun meer glich en Dösche krige,
Wo hä en der Watt sall lige.

Su, no lauf inn derr zo drage,
Engewekkelt en Papeer,
Dhun de Brukklükk höflich sage
Diese treue Grooß vun meer:

**Datt wie der Ring sich dhät rundeere,
Un durchewäg zosammenhängk,
Soll auch als Sennbild inne lehre,
Sich treu zo bliere bis zum Enk!**

De Kaventschaft.

(Nach Schiller.)

Et künne jitz sin vielleech hunderte Johr,
Zo Zikke, wie Köllen en Reichsstadt noch wor,
Do schlech zum Senatspräsident, wie geschichtlich
bekannt,
Ens höhsch en Rabbau, en der Kronik der Neres genannt.
Hä kohm bis zur Schrievstuvv, et Mätz em Habit,
Do krähge die Funke inn schnaf beim Schlavit.

„Ha! Pööschche, jitz hann meer dich, Kreuzelement!"
Su säht imm dä ahle Senatspräsident:

„Doo woll's, wie et schingk, meer 'mem Mätz an be
                          Schwaat,
Dat koss' dich et Levve, gangk maach dich parat!"
„Ich ben," säht der Neres, „zum Sterve bereit,
Doch dhot meer noch eesch 'ne Gefalle beim Leib.
Ich bedden üch nit öm mieh Levve, bo kennt ehr mich
                          schläch,
Doch wellt ehr en Gnad meer noch gevve, dat wör
                          meer wahl räch,
Dann waat noch drei Dag, mieh well ich nit hann,
Domet ich mieh Tringche eesch herohde kann.
Mie Schwohger, bä sall üch Kavent för mich sinn,
Un blieven ich us — dann köppt off hangk inn!"

„Hm!" säht bä Tyrann imm, noh kootem Bedaach:
„Et küt meer nit drop an, ich gevv beer bie Dag,
Wann Kobes, die Schwohger, meer steiht Garantie,
Doch kümps boo nit öm — dann eß hä futtü!"

Hä geiht no noh'm Kobes öm Beetel op Aach,
Verzällt imm bä ganzen Hergang der Saach.
„Et gilt," säht der Kobes, „ich kenne ming Lükk,
Wann boo meer versprichs, datt's boo he beß zor Zikk."

„Parol bö Rabbau! — Ich brinke der Dut an dem
                          Halv,
Verlohß dich op mich — ich ben doch kei Kalv!"

Un während der Kobes no sohß em Arreff',
Gingk Neres noh'm Tringche, dat wor bei der Beff'
Ziff einige Wochen om Land op Visit. —
Als endlich der Neres en't Dörp erenn küt,
Dhät möb wie 'nen Hungk en be Glibber hä hange,
Un hatt an be Fööße sich Blohder gegange;
Doch we hä beim Tring, bo vergohß hä vör Freud,
De Blohder, be Fööß un sie Wieh un sie Leid.

Un als no der Neres dem Tringche gesaht:
„Meer gonn noh'm Pastor, maach flöff dich parat.
Wann halver et geiht, sin meer Morge getraut!"
Wat meint sich wahl Einer, wie dat sich gezaut!
Hä hat sing Papeere, nifs bhät dran mankeere,
Bezahlte drei Opröf un leht sich kup'leere.

Se heelte de Huhzikk met stellem Vermaach,
Vun Morgens bis Ohvends, bis spät en be Naach.
Doch wor unsem Tringche sie Glöff nit vun Door,
Dann wie it woob wakkrig, wor Neres zum Troor.
Dä mahte bei Ziffen am Bett sich erus,
Zo halbe, worop hä der Kobes vertrus,
Om, als hä behotsam sich an hatt gebhonn,
Met blobigem Hätze noh Köllen zo gonn.

Su nööchter marscheere bekümp einem schläch,
Der Mage well Morgens sie krestelich Räch.

Et ezte Weethshus, wo hä no bran kohm,
Stohnsfooß hä en Halv un en Kiesbrökk sich nohm.

Der Himmel, dä wor wie hä fottging ganz klohr,
Doch als hä em Weethshus en Amelang wor,
Vertrohk sich der Himmel, de ganze Nator,
Et bonnert un bletzten un klatsch kohm en Schoor.
Et Wasser, dat feel üch bo rack wie met Emmern erav.
„Su kut doch erenn," säht de Weethsfrau, „un waat
et jet av."
Der Neres, wie immer vun gobmöd'gem Senn,
Kunnt Keinem jet avschlonn un gingk met erenn.

Em Zemmer, do sohße der Gäste alb vill
Un deech öm 'nen Desch un räch ifrig beim Spill.
Die Boore, die sähte: „Saht, tätscht üch met en."
Doch stunt unsem Neres noh'm Spill nit der Senn;
Hä dankte, doch weil auch 'ne Köllsche derbei,
Su satz hä zum Zosinn sich met en de Reih. —
Dä Köllsche verlor ävver Schlag sitz op Schlag,
Dat schung unsem Neres kein richtige Saach.
Der Neres bebaach sich de Krütz un de Quer,
Wie trikks boo dä Köllsche he us der Affair?
Hä johch, wie hä plaante, de Saach üvverlaht,
Die Boore sich wiese de Färv un de Kaat.
Dat wor imm zo vill, dat hilt Neres nit us,
Dröm schlog hä vör Woth op der Lei met der Fus:

„Et Geld op der Desch), dann et Jubb'le kann ich nit
                                                    verdrage,
Kein Fisematäntche, söns sall üch der Deuvel zer=
                                                    schlage!"
Doch kaum, datt der Neres et Wohrt us dem Mung,
Do feele se üvver inn her, wie de wödige Hung.
Hä haute sich durch esu goot hä nor kunnt,
Dä Köllschen auch ehrlich zor Sikken imm stunt;
Un trohk dann met singem geplokfte Kumpan,
Op Heim met zerschlagene Glibberen an.

Et schung wie an Hungsbag de Sonn esu heiß,
Die Beitze se kächten un dresse vun Schweiß;
Un wie hä no kohm an de Dükser Prum'nad,
Do stunte sing Fründ alb, die op inn gewaat.
„Och Neeres gangk tirre", su sähte se All,
„Doo kümps doch zo spät sitz op jedwede Fall!"

„Wat?" säht no der Neres, „do kennt ehr mich schläch,
Dat wör dem Tyrann wahl gepessen un räch,
Respeck sall hä hann, för et Wohrt vun 'nem ehrliche
                                                    Mann,
Mieh wie meer för Mänche, die ich üch nit nennen
                                                    well, hann;
Die wann't wie passeet, an der Krag inne geiht,
Uns Alles versprechen op Wohrt un op Eid;
Zo Levve nit halde, wat se se versproche,
Un denke, de Eid sin blos för zo broche!"

Un wikkeschter leef hä be Freiheit erav,
Do foohr no be Punt vör ber Nasen imm av,
Dann bomohls, bo stunt noch kein hölzere Bröff,
Die einer wie jitz met bem Usfahre gökk.
Doch trohf unse Neres 'ne Schepper am Land,
Dä imm noch su halver vun Ansinn bekannt;
Hä klagte bemm ilig sie schreckelich Leid
Un glich wor bä Schepper zum Fahre bereit.
De Rober, bie floge, bat hat üch en Aat,
Em Nu wor ber Neres erüvvergebraht.

Hä leef no noh'm Platz ohne Rauh, ohne Rass',
Doch stunt do et Volk, wie en Moor esu fass';
Wie rohßig, su worf hä bahl Alles op Sikk,
Schlog benn op en Aug un benn en ber Nikk,
De Rebbe, bie stoss' hä gesaacherwies en — un grab
Kohm hä op ber Platz, wie Alles zum Köppe parat.
Hä wor om Geröss', en 'nem einzige Sprung,
Un reef: „He ben ich, ehr blobböösichtige Hung,
He ben ich ber Neres — ich ben Deliquent,
Der Kobes wor blos för brei Dage Kavent!"

Un als no be Köllsche bat sohche,
Wie sei en be Ärme sich lohge,
Dä Ein för ber Anb're zo sterve bereit,
Do kresche bie Völker vun Freud un vun Leid.

Der Senatspräsident soh verwundert se an,
Gerööh't vun dem Schauspill reef hä vum Altan:
„Begnadig eß Neres, et eß imm gerohde,
Et Hätz eß wie Botter su weich meer gewohde;
Jet Schönes eß doch noch be Frünbschaff un Treu,
Ich heel se bisher nor för reinen Buhei.
Huh wäb ehr zwei Beitze vun meer sitz geeh't,
Zikkleppens an mich un be Stadt attascheet:
Zwei Stelle, die kann ich för üch noch vakant,
Pumpje wred der Neres, der Robes Scharschant!"

Der Boore-Jung em Thiater.

Zu mänche Räumchesmächer singe,
  Uns üvver Här, Madamm un Mähde,
  Dröm weed et Jeder richtig singe,
Datt Knächten auch besunge wäde.
Un gläuvt et nit, datt ich jet wevve,
En demm, wat ich üch hükk verzälle,
Et eiz en Bildchen us dem Levve
Un et passeete he en Kölle.

Ich hatt' met Knächte luuter zu vill Päch gehatt,
Un namentlich der köllsche Knächte wor ich satt,
Dröm reeth ich mingem Vatter zo 'nem Boore-Knäch.
Et wood no en et Blatt gesatz, weil imm et räch:
'Nen brave Jung vum Land gesooch un säht dobei auch wo,
Am and're Morge wore wahl en zwanzig Boore do.

Meer soochten uns dem Anjching noh der Bejsten us,
Hä holte sich sing Kess' un trohk bann en et Hus.
Der Namensdag, Neujohr un Luhn, dat woob em
Võrus akorbeet,
Hä heel sich auch be Kirmes us, wie dat bei Boore
sich gehööt.
Sing Zeugniss' wore schön, hä schung 'nen hätzensgobe
Dropp,
Un hatt wie mer zo sage pfläg, 'ne rächte Boore=Kopp;
Zowohl en klein Katömmelsnas, die wäb ich nie vergässe,
(Vun fäns gesinn, als hätt' imm Einer medden drop
gesässe.)

Der Herbs dä kohm un auch dä Kirmesdag,
Un no vun dem Verzäll be Haupste=Saach.

Et trohf sich, doch ich weiß ju räch nit mieh, us wel=
chem Grund,
Genog, et trohf sich, dat dä Boor nit op be Kirmes kunnt.
Wie ich des Samstags no dem Jung dat beigebraht,
Do moot ei Minsch die Schnüsse sinn, die dä gemaht!
Dä ärmen Boor, dä ohß un drunk un schleef nit mieh
us luuter Leib,
"No gring meer nit," ju säht ich imm, "ich maache
beer en anber Freud."
"Och Här," meint hä, en allem Ans, "ehr möhgt et
gläuven ober nit,
He en ber ganze Stabt et 'ju kein Freub, wie op ber
Kirmes git:

Des Morgens noh der Huhmess' trifk der Rei met
Musik us,
Et Fändel weed vör jeder Dhöör geschwenk — un Hus
för Hus
Git Flaade, Knippblätz, Weck un Rögge — wat je
grad gebacke hann,
Dann weed su lang gefräße, bis datt rack kei Minsch
mieh gappe kann.
Un eß des Nohmeddags de Vesper kaum vörbei,
Geiht jede Jung met singem Mädchen op der Rei.
Do weed gejutz, getanz, gesprunge, Jeder noh Behage
Un wann de Köpp jet bennen hann, ens kräftig sich
zerschlage;
Dat eß no 'su der Booren Aat, mer hann am Schlonn
uns Freud,
Wat lit doran, wann auch der Sonndagsrock zum
Deuvel geiht."

No för die Freud, do mügen alle Hel'ge uns bewahre,
Ich hann je leider Gotts op mäncher Kirmes ald er=
fahre.

"Komm Görgel", säht ich imm, "boo salls auch he en
Freud erlevve,
Dann em Thiater dhun je hück e Stöck 'ju räch zum
Laache gevve.
He häz boo Geld, boo frohgs en Kaat deer för de
hühbste Plaatz

Gangk ävver fröh un setz dich an en Siff — do jühs
boo stahtz."
„Ich danken auch," 'ju säht dä Boor, „et sall mich
ens verlange,"
Un wor em Sonndagswohp en Stunb vörher alb
herrgegange.

Öm Oohr off Aach, et kunnt nit spater sin, meer
wore grab am Esse,
Ress' Einer an der Schäll, als wör vum Deuvel hä
besässe.
Ich denke: Donnerknespel! Wer ess do an der Dhöör?
Do stunt dä Boore=Jung halv usgedhonn bervör.
Ich froht: „Wie kümps boo alb noh Hus,
Die Oper es doch noch nit us?
Wo ess der Rock, de Wess' und bingen Hoot? No, wat
ess beer passeet,
De beitze Auge bletzebloh geschlage — sprech — wer
hät dich trakteet?"
Do lööchten unsem Boor vum luuter Freud sin Appel=
taatsgeseech,
„No waat en Amelang," 'ju säht hä meer, „ich gevven
üch Bereech:"

„Wie ich an dat Thiater kohm, do stunt alb Alles voll,
Dat Volk dat baut un paaschte sich, dat wor üch rack
zo doll.
Als ich no endlich an der Reih, do mahte je meer klohr,
Dat ich zo goberlätz am ganz verkeh'te Finster wor.

No ging ich noh der Strohße an 'ner and're Dhöör eren,
Do wor ich an der rächte Kaff', dat lööchte glich meer en,
Do stunt 'ju minger Aat, met bloß gestrekkte Kamisöls,
Et wore miehstens ordinaire, doch ganz sibele Kähls.
Ich kaufte meer en Kaat und drop klabastert ich die
Trapp erop,
Dat wor en Trapp 'ju huh, ich meint die hööt zo
lebbesdag nit op.
Un zweimohl hingerein möhg ich vor Gott die Trapp
nit gonn,
Dann wie ich bouve wor, do bleu mer rack der Ohdem
stonn.

Om Gang, do stunt' ne Mann, dä nohm de Kaat
meer av,
Un maht en Dhöör meer op, do woob ich ratschtig paff.
Do kohm 'nen Döff erus, ju möffig un ju heiß,
Et roch noh Allerhand, noh ärme Lüff un Schweiß.
Dat Volk, dat sohß do Kopp an Kopp,
Wie Hirring op enein gepropp;
'Ich well et nit behaupte, ävver wann ich räch geroche,
Dann hat sich Mäncher vun den Hänscher en de
Därm gestoche.
Ich sooch un sooch un fung zolätz e Plääßche frei,
Un summelt mich bertösche, en de ezte Reih.

Et wor verdeuvelt wärm em städtische Thiaterhus,
Dröm trohke se bei uns de Kamesöls un Röck sich us.

Dat ganze Kubegäbche, wat do beisammesohß,
Us Täschen un us Blohsen en einem Ohdem frohß,
No dat Gejugacks op der Gallerie,
Mer hoot beinoh sin eige Woht nit mieh:
„Fresch Pitter lohß be Klötz erav! Leim op!
Musik! Anfange! Plakken op! Lukk op!"
Un Gott weiß, wat se mieh bo durchenander schreie,
Dozwesche bhun se Appel knatsche, Nöss' un Kränz
                                    Kuschteie;
Un wenn se 'gesse hatte, worfe bie gemeine Ströpp,
Den Lukk be Appelkettschen un be Schaalen op be Köpp.

Ich gläuv' op anber Plaatze, wor et auch nit win=
                                    ger wärm,
Do sohße Dame, bie bärsooß bis unger beitze Arm;
Un met bemohlte Fächer vun Papeer un Knoche,
Do bhäte se an einem sott ber Winb met soche.
Die Dame hatte mächtig große Bärm vun Hohre,
Die keinefalls om eige Kopp gewahße wore.
Hätts boo bie Hohre, baach ich meer em Stelle,
Wie vill Matratze künnt mer bomet sölle.

Op eimol bhät be Deck sich en ber Mebbe usenander
                                    gevve,
Un eine golbe Krunelööchter kohm ganz höhsich erav zo
                                    schwevve.
Itz fing be Musik enblich an, un för bä Eine met
                                    bem Steck,

Dä en der Mebbe stunt, do hatte die Schnurante groo߯
Respeck;
Dann wore se auch noch 'su arg am Trumme, Fläuten
un am Blohse,
Dä braut met singem Stöckelche, dann hoote glich se
op zo rohße.
Dat bhät auch Nuth, dann wann ich goot gesinn, dann
wor et wahl en dreßig Mann,
Wie sollt bat met dem Tüüte gonn, wann Einer die nit
mäntene̱e̱re kann.

No ging auch der Vörhang op un 'nen ink'le Ritter
kohm erus,
Wat dä do sung, verstunt ich nit, doch soh hä präch=
tig us,
Wie mer se angemohlt op Bilderboge kaufe kann;
Kaum hoot dä op zo singe, kohm 'ne zweite Ritterich=
mann,
Dä bhät met Arm un Bein ganz gri̱se̱lich hanteere,
Un ging dem eine Ritter marschtig op de Neere.
Ich baach bei meer, jitz krit dä ezte Ritter inn 'mem
Krage,
Hätt' hä et meer gebhonn, ich hätt inn vör de Schnüss'
geschlage.
Doch wie se anenander wore, kohm en einer Hohß en
Dam eren,
Un als die Jedem jet gesungen hatt, do stohche sei de
Zäbbels en.

Su vill ich us dem ganze Toörelöör entnemme kann,
Moot die 'mem ezte Ritter wahl e klei Verhältniss' hann.
En Zikk jung se met bemm allein, dann Alle Drei,
 bann Ein vör Ein,
Dann Zwei, no wibber alle Drei, et wor 'ne reinen
 Durchenein.
No, baach ich, küt dann Keiner, dä Verstand dren
 brängk? —
Do seel ber Vörhang un dä ezten Ack, dä wor am Enk.

Ich heel et ratsch vör Hetz nit us,
Un gingk ens op der Gang erus;
Do stunt 'nen Desch met Beer un Wing un Essensjaache;
Ich baach bei meer, bo kanns boo dich ens räch ver=
 maache,
Denn Alles ohß un drunk un bhät sich bestens restoreere,
Un wann se All jet krähgte, kunnte se mich auch trakteere.

Ich paaschte mich no langsam vör .— su goot et ging,
Doch leht et Beer ich stonn un krähg mer uun dem Wing;
De Schnebbcher wore gar zo klein,
Dröm nohm ich glich 'nen Dheil bei 'nein.
Gingk bann op Sikk un haute kräftig en,
Drop lükkt be Schäll un Alles leef eren.
Ich ohß esch ränhig op un bhät mich nit b'ran störe,
Ich weiß, wat sich gehööt, un wollt dröm met Maneere
Dem Här am Desch för goot Bedeenung mingen Dank
 usspräche, —

„Wat!" säht bä, „he weeb nit gedank, he moot ehr
Alles bläche!"
Ich baach: bat kanns boo demm nit üvvel nemme,
dann bä Mann, bä weiß bat nit,
Un säht imm no: „Ich hann bo unger alb bezahlt,
wo mer be Kaate krit,
Wat üch zoküt, bat hät bä unger üch eruszogevve."
No wor der Deuvel lohß, bat gohv üch no en Haide=
levve,
Dann wie bä Kähl mich: „Domme Jung un Boore=
Lömmel!" schandt,
Krähg hä vun meer e Gingche, batt hä tirvelt bis zor
Wand.

Drop kohm 'ne Pulizeischarschant, bä wahl vun imm
be Stätzcher krähg,
Un gohv dem fräche Kähl am Desch auch noch en alle
Dinge Räch.
Demm maht ich no der Standpunk klohr
Datt bat nit singer Saache wor;
Do woob bä sahle Poosch 'su fräch un schlog mich
marsch för bie Battrie,
Un Alles schreit: „Eraus 'mem Kähl!" un „Ruhig op
ber Gallerie!"
Als se mich no gehörig avgeschwaat, woob ich erus=
geschmesse,
Wat wollt ich bhun, et wore gar zo vill, bo ben ich
usgeresse.

4

Der Rock un Hoot eß jutjch — jelvs muß ich brüvver laache,
Ich kunnt meer jo berheim — kei grööter Freudche maache;
Ich hann mich amuseet — wat lit doran gelägc,
Ov he — ov do — ming Schröhm, die hann ich kräjc!

Lodderbovestreich.

(Nach Langbein.)

Hütt well ich Üch ens en Affairche verzälle,
Wat läz ens passeete nit wikk he vun Kölle.
De Woht sin nit grad op de Goldwohg gelaht,
Doch Alles su klüchtig wie mügelich braht.
Sollt Üch no bat Krätzche vielleech nit behage,
Dann dhot Üch beim Deechter Här Langbein beklage.
Dä hät et alb vör meer op huhbütsch gedröff,
Ich hann et jo nor en et Köllsche vergöff.

'Ne Köllsche, der Name, dä well ich nit nenne,
Doch Will inn am Enk alb am Vörname kenne.
Franz Josep, dä ging ens vör einiger Ziff,
Op Veehhandel us, op de andere Sikk.

4*

Am Düüster do kohm hä en't Dörp eesch gegange,
Verspoot en dem Mage e krabb'lich Verlange;
Do leef imm 'nen Boor esu grad en der Worf,
Denn froht hä: „Eß he dann kei Weethshus em Dorf?"
„Enä"! säht dä Mann, „dat bheit he noch manqueere,
Bei Keinem em Dörp künnt för Geld ehr luscheere,
No seht ehr meer grad esu nitt bernoh us,
Als hät ehr Belöss' op et Brandspritzenhus.
Doch halt!" säht dä Boor — „bahl hätt' ich vergässe,
Beim Amtmann, do künnt ehr luscheeren un esse;
Doch sagen ich üch alb em Vörus Bescheid,
Dä well auch gän wesse, woför hä et bheit;
Un brängk imm 'ne Fremde jet Goots för der Schnabel,
Dann eß hä met Köch' un met Keller spenbabel;
Gän wollt ich wahl webbe op Levven un Dut
'Nem Arme, demm göhv hä de Koosch nit vum Brut."

Franz Josep bedaach sich, wat künns do wahl gevve?
Do kohm en Häd Hämmel des Wäges gedrevve,
Hä sprohch met dem Schäfer noh Mätzgerschmaneer
Un hoot, datt beim Amtmann en Denste hä wör.

Ne Stropp wor Franz Josep, 'ne rächte geschlesse,
E Krätzche zo maache, dat wor im gepesse!
Un wie no dä Schäfer su lans inn se drevv,
Do schnapp hä 'nen Hammel beim Kreps sich em Greff,
Et Sprattle holf niks, hä kräg inn zo packe
Un brog inn noh'm Amtmann gemöblich om Nacke.

Do loot, wie hä kloppte, en Nas üs der Dhöör,
Su glöbig als wie 'ne Karfunkel hervör.
Hä säht no dem Amtmann ohn' Fisematäntche:
„Ich brängen üch spät noch en abig Presentche,
Et eß enen Hammel, bo nemp met förleev,
Dä git, wat hä hät — bat eß secher kei Deev;
Ehr loht mich bosör he bei üch üvvernaachte,
Der Hammel, dä dhun ömesöns ich üch schlaachte,
Et Fell met der Woll, bat halt ich meer us
Dat nemm' ich als Anbenke met meer noh Hus. —"
„Meer räch," säht der Amtmann, „ehr kut meer geläge,
Quateer hät alb Mäncher bei meer he gefräge;
Derwiele der Hammel om Hoff weed geschlaach
Besorg ich be Köch' un Luschi för be Naach."

Un als hä der Hammel geschlaach, aranscheet
Do woob hä vum Amtmann zo Desch inviteet. —
No süch ens, 'ju baach hä — gedeck' eß för Drei
Un ich un der Amtmann, meer sin doch blos Zwei.
Hä glohv bröm, hä mööt jitz dem Gassräch zo Ehre,
För sich un der Bling no zoglich he manscheere.
Doch üvver dä Bling woob hä bahl instrueet,
Als imm der Här Amtmann wie folg preseuteet:
„Et Fräulein Babett, 'ne entfernte Verwandte!"
Drop kohm auch noch Ein' vun der andere Kante,
E Mädche wie Milch un wie Bloot esu fresch,
Dat braht inne Esse un Wing op der Desch.
„Dat he eß be Köchin, bem Bäb'che sie Schwester,
Wie't Tringche, 'ju koch en der Welt keiner besser."

Hä merk, dat et Tringche ber Bunnes em Hus,
Dann noh bem Serveere do moot et errus.

Et Tringche geseel imm no besser em Pungel,
Wie't Bäbche met alle dem stahtze Knabungel;
Mer weiß jo, be Mätzger, die kenne sich drop,
Die merke, wat äch un wat op eß gestopp.
Et Bäbche, dat kräg auch et Besste vum Brohde
Noch eh der Franz Josep bedeent wor gewohde,
Et bung auch bem Amtmann et Schlabberdooch öm;
Hm! baach ber Franz Josep, dat weiß auch woröm.

Der Doosch vum bem Amtmann wor rein nit zo stelle,
Sing einzige Freud wor be Gläser zo fölle.
Dä drunk nit, dä schlung wie'n lebendige Sänk,
Et bhät einem leid för dat koßbar Gebränk.
Bahl kunnt mer beim Amtmann de Wirkung verspöre,
Hä bhät met be Fööß hin un her manövreere,
Auch tuppt et Babettche m'em Föößchen eröm,
Franz Josep hilt stell, unbekömmert boröm:
Die Beiße, se tuppten om Mätzger sing Schrage,
Dä hat beim Verliebbhun sich nit zo beklage,
Hä baach sich: „Och tuppt nor, als wör't ehr allein,"
Un fägte be Schott'len un Fläschen imm rein.
Doch kunnt hä bei Allem et Tring nit vergässe
Un säht, als hä buchsatt gedrunke, gegesse:
„Entschuldigt, Här Amtmann un Fräulein Babett,
Ich ben esu schlöhfrig, ich möhg gän noh'm Bett."

Der Amtmann, bä bhät no et Tringche ziteere,
Jt sollt der Franz Josep noh'm Frembebett fööhre;
Dat wor, wie gewünsch imm, ju ganz noh dem Senn
Hä krabbelt dem Tring op der Trapp alb am Kenn.
Jt fung, wie et schung, och am Mätzger Gefallen
Aläht, wie hä wor un geleestig vör Allen, —
Un hat wie sin Handwerk 'ju well, auch Kurasch,
No denkt üch, wat die sich gebütz un gepaasch!
Hä moot no natörlich dem Tringche jet schenke,
Un ohne sich lang hin un her zo bedenke,
Schenk unse Franz Josep der Köchemamsell,
För gobe Bedeenung dem Hammel sie Fell.
Hm! Daach hä, och künnt ich doch immer ju levve,
Schad, batt ich kei Fellche mieh hann zo vergevve. —
Hä laht sich en't Bett no un bräumte ju sööß
Vum Tring, vum Babett, vum Amtmann sing Fööß.

Hä wosi' vun dem Tring, datt der Amtmann am Morge
En Prov met der Spritz an der Kirch moot besorge,
Franz Josep, bä ging ungerdess' noh'm Babett,
Dat lohg noch genöglich be Länglang em Bett.
Et juhzte un reef imm: „Verlasset das Zimmer!"
Dat kennt meer ju, baach hä, bat sage je immer
Un säht ehr: „Entschuldigt, ich hann mich verbhonn,
Jch wollt op dem Amtmann sie Schlofzemmer gonn,
Dröm hält je sich goot, ich muß fott, leev Babettche"
Doch kohm hä alb immer jet nöhter an't Bettche.
Se rekk imm et Hänkche ju halver verdutz,
Da nohm hä — un gohv ehr 'nen hätzlichen Butz.

Dem Josep sie Bützche, dat bhät no Mirakel
Mer hoot vum Babett nit et g'ringste Spektakel;
Et wor en der Stuvv wie e Müßche 'su still —
No benke kann Jeder dovun wat hä well.
Franz Josep, dä Schaute, wer soll et wahl benke,
Dä bhät jitz et Fellche noch eimohl verschenke!
Beim Abschied, do säht hä: „Abjüs, leev Babett,
Et Fellche lit boove bei meer an dem Bett."

Su, baach der Franz Josep, no bheilt üch et Fellche,
Drop ging hä noh'm Amtmann direck an't Kapellche.
„Ich banke," su säht hä, „auch för et Lujchi,
Wahrhaftig, su prächtig luscheet ich noch nie,
Doch möhg ich et Fellche noch gän üch verkaufe
Ich kann et om Strech met 'nem Püngel zo laufe."
Der Amtmann, dä maht imm en öhntlich Gebobb —
Der Jupp gohv et Fellche zum Dretemohl fott.
„Ich baach et meer wahl, datt et üch wör gebleeve,
Un kann dröm bem Tringche Bescheid alb gegeeve,"
Su säht der Franz Josep, „dat weiß, wo et lit,"
Drop maht hä sich bönn, bann et stunk en der Schmidt.

Der Amtmann, dä bhät ungerwegs kalkuleere,
Wat hä an dem Fellche noch künnt profiteere,
Doch wie hä berheim an der Dhöör eren kohm,
Hä glich e gewaltig Specktakel vernohm.

De Schwest're, die bhäten sich schlagen un schänge,
Die Ein' ress' der Ander et Fell us den Hänge;

Babett reß' am Koppenk, et Tringchen am Stäz —
Se hatte sich ratsch hinger Ohdem gehätz.
„Morzinter!" 'su reef hä, „wat sall dat bedükke?
Ehr wesst doch, et Zänke, dat kann ich nit likke,
Ich hann bat Skandal op der Strohtz alb gehööt,
Cruß met der Sprohche, wat eß he passeet?"
„Es goot," säht et Bäbche, „der Här sall entscheide
Wem't Fellche dann eigentlich hööt vun uns Beide,
Als hä mich beim Fottgonn om Gängelche trohf
Met Anstand en Hand un et Fellche meer gohv." —
„Su!" reef no et Katring, „om Gängelche kräge?
Doo häß, als hä sottging, em Bett noch geläge;
Et Fell gohv hä meer, als noh'm Bett ich inn braht,
För alle die Arbeit, die hä meer gemaht."
„Hööt op!" säht der Amtmann, „et langsam meer dämmert:
Ehr Zwei nit allein, nä auch ich ben belämmert;
Su jet eß meer eimohl passeet — un nit mieh,
Lohtz kumme wer well, et kritt Keiner Lusch."

No kohm auch der Schäfer, dem Amtmann zum Schrecke,
Un bhät imm der Deevstohl vum Hammel entdecke;
No denkt üch sing Woth, dä erkannt op der Stell,
Datt dat dem gestollene Hammel sie Fell.
Hä baach: Datt der Deuvel dä Köllsche mag holle,
Betupp sinn die Zwei, mich hät hä bestolle.

Indesse, wat lohg dem Franz Josep boran:
Wann't gingk, sing dä hükk openeu's wibber an.

Der Lehrjung.

(Nach Grübel.)

Ne Schnieder wohnt en unsem Land,
Hä wohnte zo Tripps=Drell —
Domet Ehr seht, datt ich der Welt
Kein Lög' opbinge well.

Fünf Kinder unse Schnieder hat
Un drei Geselle, doch apaat
'Nen Boore=Lehrjung, dä su bomm,
Datt't för sing Minschheit schad.

Bei demm wor räch et Woht am Platz:
Groß, ehrlich, stark un fromm,
Verschwegge, treu un fließig auch
Un kreeßtlich — ävver bomm.

Wo 'ju vill Lükk beisamme sinn,
Dä do nit räch bei Trus,
Dä eß un blieb der Sündenbokk
För Jederein em Hus.

Su wor et auch me'm Schnieberschjung.
Wie sollt et andersch gonn?
Wann Einer jet Zowäschtes bhät,
Dat hatt dä Jung gebhonn.

Wer jet verlaht hat, wem jet fehlt,
Et wor nit glich zor Hand,
Dann moot dä ärme Lehrjung bran,
Dä woob derför geschandt.

Zerbrohch be Katz 'ne Kaffeepott,
Der Wind en Finsterschieb:
Mer woss' nit besser en dem Hus,
Mer ging bem Jung zo Lieb.

Bahl woob vum Här, bahl vum Gesell
Dä Lehrjung avgeschwaat,
Doch weil hä bomm wor, hatt et sing
Gesundheit nit geschab't.

Ens Ohvends noh elf Oohr, do lohg
Hä wackerig em Bett,
Dann die Gesellen alle drei
Verzallte sich noch jet.

Der Eine saht: „Der Meister kratz
Sich heimlich hinger't Ohr,
Dann durch der Kindersäge geiht
Sin halv Verdeens zum Troor."

'Nen Andre säht: „Dat mein ich nit,
Dat dheit dä blos zum Sching;
Dann wann be Frau en't Kindbett küt
Dann schwemme meer em Wing."

Wat? baach bä Jung „En't Kindbett küt?"
No rieß meer die Gedold;
Am Enk meint unse Meister noch,
Ich wör auch doran scholb!

Vör Schwulitete schleef hä kaum,
Un als die Dämm'rung graut,
Dä ärme Jung en singer Angs,
Direck noh'm Meister kraut.

„No," säht der Här, „wat wells doo ald,
Wat häß doo ei'ndlich vör?"
„Och Meister," säht hä, „sit nit kobd,
Ich kann jo niks derför!"

„Ehr wesst jo sälvs wie meer et geiht
Em Hus, Johr us, Johr en;
Wo jet Zowäschtes he geschüch,
Ich immer Scholb dran ben."

„Doch wann ôr Frau en't Kindbett küt,
Do kann ich nit berjör,
Un wann ehr meint, ich wör bran scholb,
Geschohch et per Malör!"

Der Boor op der Bahn.

(Nach J. van der Giese.)

Ich sohß ens vör nit langer Zitt
 Op Reiß des Ohvends en der Eifel;
 Datt bo be Lükk noch nit 'zu wikk,
Dat steiht wahl ußer allem Zweifel.
Kurentebrübcher, Bund un Taat,
Dhun bo noch keinem Mage schabe;
Do iß mer Haferbrud noh Eifler Aat,
Nor Kirmes ens 'ne wärme Flade.

Ich wor ber einz'ge Passascheer,
Dä bei bem Eifler Weeht luscheete;
Doch an bem Desche nevve meer
Sing Sonndagsgäss' vergnög kampeete;

Un Eine vun den Boore=Lükk,
Dä bhät et große Woht do fööhre,
De Nas' un Müler opgestipp,
Die And're räuhig imm zohöre.

Wat no dä Boore=Mann verzallt,
Ich hann et wöhtlich opgeschrevve,
Well, wie zor Aufgab meer gestallt
Getreu et hükk üch widdergevve.
No denkt, ich wör dä eine Mann,
Un Ehr — no all die ander Boore
Dann hööt et sich vill besser an
Un lang bheit et et jo doch nit boore.

„Et wööd," 'su hätt' dä Boor gesaht
„Vun Dören us, do wööd jitzunder
'Ne ganzen isre Weg gemaht,
Dat göhv, vör Gott, et aachte Wunder.
Un gläuvt et meer, et eß kein Fint —
Et sei dann, datt be Lükk et lege,
Datt ohne Pähd, rack wie der Wind,
De Minsche met dem Foohrwerk flege.

Un neeste do 'ne Passascheer,
Wann sei vum Köllsche Bahnhof fööhre
Un Ümmes säht: „Gott sähn üch sehr!"
Dann söhße sei ald lang zo Döre.

Un eh' der Ezte sage künnt,
(Dann hä muß doch sie Sackbooch krige,)
Bloß die paar Woht: Gott bank üch Fründ!
Zwei Meilen alb derzwesche lige.

Dat schung meer doch en bäsche stark,
Su ärg met dem Gefähr zo stäuve,
Dröm wollt ich vun dem ganze Quark
Auch nit en einzig Wöhtche gläuve.
Doch als der Här Pastor et saht,
Dä nie met Lögen ömgegange:
Am zehnte wör de eeschte Faah't,
Do gohv ich ehrlich mich gefange.

Itz blev meer immer noch be Frohg,
Wat bheit dat Foohrwerk einblich trecke?
Dann heren grad der Kases lohg,
Om all dä Skrupel meer zo wecke.
Dann niks eß, wat vun sälver geiht,
Wie all be Bööcher uns beschrieve,
Ein Dheil muß sin, wat trecken bheit,
Un mööt der Deuvel sälvs et brieve.

Dröm hatt' ich glich der Schwor gebhonn,
Et bhät mich öhntlich bozo brieve,
Am zehnte noh der Stadt zo gonn
Die Saach bo sälver uszoknüve.

Met all' den Medd'le bie et git,
Die fromme Lükk ju bei sich sööhre
Dat sei der Deuvel jo nit krit,
Dhät fröh ich noh der Stadt marscheere.

Euskirche schung et räch noh'm Senn,
Noh an der Jserbahn zo lige,
Datt it noch miehter Levven en,
För alle sing Gewärv bhät krige.
Dröm hung do Fahn an Fahn erus
An Lingen un an huhe Stange,
Mer meint, et hätt' an jedem Hus
De Färver Muster usgehange.

Doch weil et Foohrwerk noch nit kohm
Un ich mich nit eröm wollt placke,
Gingk esch ich en'nen Dröpcheskrohm
Un bhät meer eine Knurvel packe.
Do sahten sei, et köhmen hükk,
Wahl an be dreßig Jeserwage,
Als Probefaaht met tausend Lükk,
Grad wie der Sturmwind anzojage.

Ich soh op Kirmes Herkules
De stärkste Boore lustig wippe,
Doch kunnten die, bat eß geweß
An 'su en Arbeit gar nit tippe.

Als ich no noh der Bahn wollt gonn,
De Fjaah't genau zo opserveere,
Do bhäten bo Scharschante stonn,
De ärme Lüff zo mainteneere.

Doch als de Katzeköpp geknallt,
Domet de Lüff et All' vernöhme,
Mer söh vun fäns de Lööchten alb,
Die met dem ies're Foohrwerf köhme,
Wor ming Gedcld am Enf futtü,
Ich hatt mich lang genog bezwunge
Un benn trotz all der Schandarm'rie
Op eimol durch de Reih gesprunge.

Ich fuscht mich flöff en dem Gedräng
Bei'n Trupp sehr stahtz gekleide Häre,
Un merkte an ehr Note gäng
Dat sei wahl All Korale wöre.
Trotz Schwalvterfräck un wießer Weff',
Trotz Vabermöhder un Cravatte,
Trotzdem ein Jeder bhät sie Bess'
Se doch kein Freud vum Singen hatte.

Der Singsang, bä woob nit beaach
Beim Scheeßen un beim Hurrahschreie,
Dröm hann se wahl bei sich gedaach:
Ehr künnt uns jet der Naachen bäue!

Se bhäten sich noh'm ezte Bähsch,
Deech an der ies're Weg posteere,
Un ich mich unbeaach, ganz höhsch,
Geleftig zwesche mengeleere.

En diesem Augenbleff do kohm
Dat stahz Gefähr erangeschleeche,
'Su höhsch, als wör dä ganze Krohm
Met Ünkels fingerbeff bestreeche.
Ich soh mich bahl zum blingen Hess',
Dä starke Mann do zo entdecke,
Doch fung ich keinen Herkules,
Noch Ünmes Andersch doran trecke.

Ich trus mich no am Enk vum Wetz,
Dä Enfall bhät miich sälver freue,
Vielleich bheit dä Kanallje jetz
Dat ganze Foohrwerk hinger däue.
Doch merkt ich an der ganzen Aat
Dat all die feine Passascheere
Op dieser wunderliche Faah't
Kein große Fründ vum Faaste wöre.

'Nen Opve foohr üch do vörop,
Dä stochte sei wie en der Hälle,
Do stupten sei un brihten drop,
. 'Ne kräft'ge Koch met zwei Geselle.

Fieß muß dat riche Volk nit sin,
Dann brecklich woren all die Poojchte,
Et sei dann, datt se nit gesinn,
Wie die op dem Furnüs do wooschte.

Un Alles wor behange schön,
Als köhm en Pruzessjon zo fahre,
Met bunte Fähncher un met Grön,
Grad wie be Käv'ler Anbaachskaare.
Am Enk kohm widder 'ju 'ne Koch
Met noch 'nem Ovve nohzoflege,
Auch dä, dä briht un stuvte noch,
Em Dreck, wie vöre sing Kulege.

Ich soh mer bahl de Auge schäl,
Un kunnt den Herkules nit finge,
Un baach doröm: 'Mem starke Kähl
Dat sinn geweß kein richt'ge Dinge. —
Kaum wore sei em Bahnhofshus,
Wo Jeder sich jet engeschlage,
Do kratzten All se flökk erus
Un klomme widder en be Wage.

Doch bhät bei Denne nit allein
Sich no be Faahrlojj' offenbare,
Dat Feber wood jitz allgemein
Met diesem Deuvelszog zo faahre.

'Ne große Lass' vun Häre kohm
Met Kinder, Fröhlings un Mabamme,
Zolätz der ganze Stadtrohtskrohm
Un auch be Sänger All zosamme.

Doch ohne, datt ich sälvs et woss',
Wie bat sich einblich zogebrage,
Hat ich no sitz en einem Schoss'
De Trummeleut eren geschlage.
Do woob et bahl meer griselich,
Em Düvelswage mich zo singe,
Un mie Gewesse mahnte mich,
Wann't gingk, flökk wibber drus zo springe.

Ich foohlt et glich, datt ich gefählt,
Doch kunnt et Alles niks mieh notze;
Ich wor, wie an be Bank genählt,
Foohlt Düvelspäch an minger Botze.
Am Enk fung sitz bat Nackerzüg
Sich langsam unger uns zo wäge,
Drop flökker als en Schwalvter flüg,
Met uns no burch be Welt zo fäge.

Bahl wor et met uns en der Loog,
Datt unger beef be Hüser lohge,
Bahl ging et unger burch en Fooch,
Dat meer se huh bo bovve sohche.

Bahl leef dat ganz Spektakel noch,
Öm för de Neuloss' uns zo kölle,
Schnack en der Ähde durch e Loch,
Ich baach, meer wören en der Hölle.

Op einmol fung et unger meer
Ganz unmaneerlich an zo brumme,
Ich hoot, datt dat de Bremse wör,
Op die zo setze meer gekumme.
Ich ävver merkt die Deuvelskrätz,
Der Liev bhät meer zosammeschrumpe,
Et Bloot, dat satz sich öm et Hätz,
Ich foohlt et All op einem Klumpe.

Do storv ich bahl der jihen Dut!
Ich trohk de Bein erop vun Schrecke,
Un kunnt en minger Angs un Nuth
Noch nit mol Reu un Leid erwecke.
Doch ohn' dat op dem ganze Zog
Ein einzig Unglökk uns passeete,
So ging et fott en einem Flog,
Bis meer zo Dören ariveete.

Do stunt e Volksspill vör der Stadt
Vun Männer, Junge, Frau un Kinder,
Als söh mer em Thal Josephat
Us aller Welt de ärme Sünder.

Die hann esu Rament gemaht
Met Schreie, Scheeße, Fläut un Trumme,
Datt ich sitz sälver zo meer sahţ:
Der jüngsten Dag eß secher kumme.

Ich ging met en e staḥtz Gebäud,
Do hoot ich no met vill Behage,
Datt uns zum Trus för all bat Leid
Et Esse wööd glich opgebrage.
Ich baach: E' Schohf, dä sott he geiht,
Ich kunnt jo niks derbei reskeere,
Ich hatt zo minger Secherheit
Om Liev zwei Düvels=Skapuleere.

Ein Jeder soh sich no meer öm,
Wie ich mich an der Zupp vermahţe,
Do ging der Düvel sälvs eröm
Un frohgt bei Alle noh be Kaate.
Wie dä no soh, batt ich kein Kaat,
Hatt' ich et ratsch bei imm verborve
Un woob gar schrecklich opgebraht
Vun imm zor Dhöör erus geworfe.

No merkt ich eesch sing Absich bo
Wie hä gelestig för bat Schnuppe
M'em Kaaten öm be Siel bernoh
Mich för ber Foohrluhn wollt betuppe.

Jch wor no fruher wie en Mus,
Die glökklich noch der Fall entgange
Un leef direck zo Fooß noh Hus,
Ben nie mieh op de Bahn gegange.

Moral:

För all mie Leid bei diesem Ding
Kann ich met Räch doch secher sage:
Wat söns vielleech noh'm Deuvel ging,
Dat krit hä abig jitz per Wage.
Dröm dhun ich auch als gode Kreeß
Dat ganze Deuvelswerk verwünsche,
Dä neuen ies're Weg dä eß
Et größte Unglökk för uns Minsche.

De Lärche sin de allereeschte,
Die singen uns et Frööhjohr an,
Un vun de Vügel dann am meeschte
Hält wahl de Nachtigall sich dran.

Vum Frööhjohr, wann de Finke schlonn
Bis datt de Schwalvtre widder gonn,
Do hööt mer, wie en Feld un Walb,
Den Vügel ehr Gesang erschallt.
Der Minsch allein bheit immer singe,
Dä hööt zo läbbes Dag nit op,
Wann jet passeet, dat wäb ehr singe,
Dann hät hä glich e Lebche drop.

No hann ich meer ens opgeschrevve,
Wie't Singe eindlich weed bedrevve
Un wie mer singt jitz en der Welt:
Bahl för Plaiseer un bahl för Geld;
Un wie zo Ansinn un zo Ehre,
Bei jeglicher Gelägenheit,
De Minsche bä Gesang kann fööhre
Un wie hä öfftersch Wunder bheit.

Su nemmen ich us all dem Krämpel,
'Ne Wekkelbitz ens zum Erämpel;
Meint mer nit, mer krähg be Krauz,
Wann bä des Naachs 'su gringt un bauz;

Dann hilf kei Knott'ren un kei Schänge,
No wer verheroht, weiß wie't geiht:
Gesang kann en der Schlohf inn bränge,
Wann söns kei Medbel baaten bheit.

Un wann be Puute höppe, springe,
Dhun se bobei ehr Leedche singe.
De Mädche halden ehren Danz,
Alb bei dem Ledche: „Rusekranz".
Un geiht der Jung em Feld spazeere
Fingk an der Heck e Schleckenhus,
Et ezte wat mer dann bheit höre,
Et Ledche: „Schleck, Schleck komm erus."

Un wann be Kinder dann, be groose
Als usgeleh't be Schull verlohße,
Blieb eine Jung em Vatterschhus,
E Mädche trikk als Mähd erus;
Der andre bheit en Handwerk lehre,
'Nen brete geiht zum Militär,
Wer als Pastor nit well studeere,
Dä küt als Kaufmann en be Lehr.

Su gonn be Kinder vuneinander,
Doch blieb bei Einem wie beim Ander,
Beim Kantoriss', wie beim Pastor
Et Singe noh wie vör em Flor.

Der Boor derheim, dä geiht om Acker
Un fingk fie Ledche hingerm Ploog,
Der Bunnes fingk em Koohstall wacker
Un bruch kein Noten un kei Booch.

Die als Zalbat et Loß getroffe,
Die finge nöchter un befoffe;
Kümp Einer frei, kümp Einer bran,
Ein Jeder stemp sie Ledchen an.
Wie leech eß op Gesang marscheere,
De Möbigkeit vergeiht em Nu,
Beim Led vum: „Auf dem Feld der Ehre,"
Un: „Sie läßt meer keine Ruh'!"

Un wann e Mädche mer gefunge,
Dann weed noch ens su vill gefunge,
Un dem noh'm Singe nit der Senn,
Dä schriev sich en et Stammbooch en.
Wie sei die Woht dann wähle:
Der Busen eß vum Märbelstein,
De Zäng, die finn wie Pähle,
De Fööß, wie vun 'ner Popp su klein.

Gefalle Schnei, dä lit om Hälsche,
De Hukk eß wie e Schwanepälzche,
Un en de Auge brennt en Gloot;
Et Mädche eß wie Milch un Bloot,

Met fresche Rusen op de Backe,
Un auch zwei Schönheitskülcher dren;
Et Scholderblatt un auch der Nacke
Alles flähchte sei em Leb met enn.

Un op e Fess', do freut sich Jeder,
Bekund sing Freud durch fruhe Leder;
Am miehzte wann, dat eß geweß
Dem Kaiser sie Gebootsdag eß:
„Heil Dir im Siegerkranz" ju singe
Die vun der Linie un vum Träng,
„Er lebe hoch!" beim Gläserklinge
Eß luuter jedes Lebs Refräng.

Un hööt Ehr en der Kirche singe,
Dann kann mer sich jo nit bezwinge,
Wann Ehr auch gar kei Dheil d'ran nemp,
Et em Gemöth zor Anbaach stemp.
Un fängk de Urgel an zo spille,
Des Sonndags en der Kirche bren,
Un singen all die Lükk, die Bille,
Wie geiht Üch dat en't Häz eren.

Ich hann der Leder vill behalbe:
„Wer nor der leeve Gott liht walde,"
„Oh, dä erhält hä secherlich!"
Un „Großer Gott, meer loben Dich!"

Sälvs Heide, wie die Schrefte lehre,
Meer Kreesteminsche nit allein,
Dhun met Gesang ehr Götter ehre,
Ehr Götzebild vun Holz un Stein.

Gesang un Leder sin auch Wasse,
Die maachen ald dem Feind zo schasse,
Wie off, wann't noch su zwieflich steiht,
Gesang de Schlach entscheiden bheit.
„Heraus, du Schwert an meiner Linken"
„Hurrah! heraus du Eisenbraut!"
„Heraus, heraus! Der Feind muß sinken!"
Singk Alles, wat op Seeg vertraut.

Un kummen dann de Veterane,
Die anno 13, wie de Hahne,
För Deutschlands Freiheit unverzag
Der Feind am Land erusgejag,
Ich bruch et wahl nit eesch zo nenne,
Wat bie gesungen, eß bekannt,
Dat Led bheit jeder Dütsche kenne:
„Was ist des Deutschen Vaterland!"

En Dampscheff, wat soll dat bedükke?
Ganz voll vun nette junge Lükke,
Met goldgestekkte Käppcher op,
Dat fährt vun Bonn der Rhing erop.

Dat Völkche bheit bo jubeleere
Sing bütsche Leder un Lating,
Et Echo bheit je ripeteere
Vun beitze Sikken an bem Rhing.

Dat sin Stubänte, bie bo singe,
Die fahre zum Commers noh Binge,
Un singen op bem Nibberwalb,
Datt ber Gesang em Dhal erschallt.
Do sööhre sei en „Häreleben"
Un singen bann bei „Bier und Wein:"
„Am Rhein, da wachsen unsre Reben,"
„Gesegnet sei der Vater Rhein."

Wann Morithäter hinger Trallje
Verorbtheilt sin zo Rab un Galge
Dat mäht ûch glich em ganze Land
En Urgelswieb m'em Leb bekannt.
Gewaltig strängt et an sing Gurgel,
Et geiht uns rack durch Mark un Bein
Un bozo spilt der Mann be Urgel,
Un amuseet su Groß un Klein.

Sugar be Räuber hann ehr Leder,
Rinalbo singt met singe Bröder;
Et wäck inn op mem Leb der Schatz:
Waach op Rinalbo! op bem Platz

Stonn unger ald ding Lük' un singe:
„Ein freies Leben führen wir!"
Un wat et schöns vun alle Dinge:
„Im Wald ist unser Nachtquartier."

Johann, der munt're Seifeseder,
Dä gohv jo, we mer weiß, sing Leber
Nit her vör Alles Gold un Gäld,
Weil sei et Leevs imm op der Wält. —
Wann meer des Ohvends klevve blieve,
Der Wing uns jät erheitert hät,
Dann sing' mer, mag ber Weeht auch kieve,
Zum Schloss' noch ens e schön Quartätt!

De Minsche, mööt Ehr doch bekänne,
Dheit Standesunterschied off tränne,
Doch beim Gesangverein es Rich,
Arm, Huh un Nibber — alles glich!
Mer frohg nit: Häß boo Rang un Göder?
Oss beß boo nor 'nen Handwärksmann?
Do frohg mer äkkesch: Sings boo Leber?
Dann schleeß dich uns welkummen an.

Wann no be Minsche, Groß un Kleine,
Sich fruh vergnög vun Kindesbeine,
Et Levven durchgesungen hann,
Dann küt zoläß der Sänsemann

Un pack sich unse leeve Sänger
Am Wekkel met der Knochenhand:
„Die Blieves es no he nit länger,
Komm met meer enn en bässer Land!"

No kumme jitz beim Klockelükke,
Sing Frünk herbei vun alle Sikke,
Un gevven imm et lätz Geleit,
Noh'm Kirchhoff, wo et Grav bereit.
Dann singe sei su räch vun Hätze
Am Grab imm noch en Abschiedsled:
E Led, dat lindert jo die Schmätze,
Wann met Gefööhl gesunge weed.

Un no zum Schloss' noch die Betrachtung,
Wie dä Gesang su huh en Achtung
Bei allen, alle Minsche steiht,
Kein ander Kuns imm brüvver geiht.
De Sänger un de Sängerinne,
Die sät berühmt sin en der Wält,
Die bruche nit öm Gäld zu minne,
Die wäden opgewohg met Gäld.

Goot es der Sänger opgenomme,
De Sängerin eesch räch wellkomme,
En jedem Land, en jedem Staat,
Beim Volk wie bei dem Potentat.

Gesang erschlüüß uns Dhöör un Wäge,
Wo Groosße söns nor Zotret' hann,
Gesang brängk Rof un Ruhm un Säge,
Un wat mer söns noch bruche kann.

Der Küning bheit sing Ginerale,
Wie Mallig weiß, räch goot bezahle;
Doch ävver lang nit halv su rich,
Wie Sängerinnen em Verglich.
Wat Sänger am Thiater krige,
Geiht en be Dausende eren,
Die Geschenke noch zo schwige
Vun Schmük' met Diamanten dren.

Gesang, dä es et Salz em Levve,
Ne Fabbem, dä sich liht verwevve,
Met Loss' un Lieb, un Freud un Leid,
Met Anbaach un met Frömmigkeit;
Hä es der Schlössel zo bem Häße,
Wat bren verschlosse, muß erus,
Hä wäck be Loss', hä lindert Schmäße,
Un briev ber Grillendüvel us.

Dröm loht uns huh un duppelt ehre,
De Sänger un die Singe lehre;
De Lehrer vun der schöne Kuns,
Verdeenen aller Minsche Guns.

Halt faß boröm ehr Sangesbröder,
Un singt, ju lang der Ohdem geiht,
Et Glas zor Hand: Den bütsche Leder,
Dem bütsche Sang es et geweiht!

Des Sängers Flooch.

(Nach Uhland.)

Ihr hat wahl nit vergässe, datt ich zor Zik' ens säht,
  Datt meer der Stoff zo Räde, kein Schwuliteete
            mäht,
Weil, wie ich sälvs gestande, et All' gestolle Krohm,
Wat blos vun meer vermeubelt, als Noviteetche kohm;
Doch kann ich nit verschwige, bat, wat ich hük' gemaht,
Hann ich nit sälvs gestolle, dä Stoff, dä woob meer
            braht.
Et wor der kleine Dreesen, dä saht meer: „Leeve
            Mann,
Se wesen us Erfahrung, wat ich för Lungen hann,
Wie Strösschen eß ald miehter zum Äsen engerich
Un nit zum Rädenhalden om groose Göözenich.
No hann ich do e Stössche, bat eß der Mööhte wäht,
Datt mer borus e Rädche noh ehrem Gustes mäht."

Ich nohm meer no bat Stöſſche, grab wie 'nen ahle Rock,
Ben ohne lang zo ſüüme, op ming Kapaus geſock.
Do hann ich wie 'ne Schnieder, bä ganze Rock gebriht,
Maht us dem Opgetrännte, wat ſich nor maache liht;
Der Krage, Knöpp un Fober, bie bhät ich noch berbei
Un hängt als bragbar Wöhpche no medden en der Reih.

Alſu:

Vil Johre ſin verlebde, en lang Zik' es et her,
Mer kannt kein Kugelſpritze, kei Schaſſepottsgewähr,
Mer kannt kein Jeſerbahne, nit Tiligrav noch Gas,
Un en dem hel'ge Kölle, woohs op der Strohß noch Gras.
Su datt mer om Paſeite de Abſätz ſcheif nit leef,
Der Bürger wor noch ſecher vör Dutſchlag un vör Deev.
Do stunt ens en der Lööhrgaſſ' e Weethshus, Zackermoht,
Ich ſagen üch ehr Lükcher, bo krähg mer läckren Droht,
Die „Stekkenalt" bo drunke, hann met der Zung geſchnalz,
Dann bozomohl en't Bräues kohm Hoppe noch un Malz.

Wor Kirmes en der Lööhrgaſſ', dann hung an jedem Hus,
De Eierkränz un Stähne un Fahn an Fahn erus;
Der Jler noch floreete, als iwig grön Girland,
Un bä niks usgeſtippelt, bä woob nit ſchläch geſchandt.

De Hüser bhät mer wieße, kein Öhlfärv woob gespaat,
Mänch' Stüver gingke brieve, die sei sich lang verwah't;
Dat krabbelt en be Hötte, bis Alles stahtz gemaht,
Bis Mallig möb vum Stivvel, sich en be Klapp gelaht.

Zor Kirmes en ber Lööhrgass', bo kohm zo ahler Zit'
De Huh-Volee vun Kölle noch berr zum Pikkenik.
Der ganzen ahle Grave, der Antepol, be Spetz
Vun Zintefring bis hinger ber Künebätzepötz,
Un auch be Spillmansgasser, ber Wekkelbitz am Hals,
Kohm op be Kirmes lössig un stahtz erangewalz.
Su woob noch bozomohle, met üblichem Juchhei.
De Kirmes avgehalben un ich wor met berbei.

Un grab en jenem Bräues, wovun ich ävvens saht,
Dat ganze Kubegäbche sich op sing Aat vermaht.
En singem Thekekaaste, bo sohtz bä Bräuesweeth,
Dä sich noh singem Lievche gewess niks avgonn leht.
Un links, bo sohtz sie Wievche, en ärg krabitz'ge Zang,
En abig knochig Dheerche un wie en Rohm su lang.
Un wie se no bo sohtze um lunkte, batt berapp
Vun ehre Pooschte woobe, bie Glas, bie sei verzapp,
Do hoho be Klink sich mächtig un ber Schnurrante
zwei,
Stolzeeten en et Bräues: 'ne Labbes un sing Sei.
Schnackhöhrig wor ber Geschte, als Künsler angebhonn,
Un kunnt an jeder Oper als ezten Hälb bestonn.
Doch borf hä sich nit mässe, an Schönheit ber Nator
Met singer Kunsgenossin, ber reinste Wahsfigor;

Kurios wor sei gemustert, met Flitterkrohm besatz,
Su wie mer pfläg zo sage, en tapezeete Latz.
Zwei Backe ruth wie Rübbel, zwei Auge bloß ömkränz
Un alle Lük' it kannte als Hoohnerplökkerschfränz.

Hä spilt om Quätschenbüggel zoeesch en abig Stök'
Wat hä en singem Levve wahl dausendmohl gegök';
No stempten it be Gittah, e Krätzche sung it dann,
Wat ich zwor goot behalbe, doch nit verzälle kann,
Un Alles wat em Bräues, sung wie besässe met.
Wie no et Fränz 'mem Täller su lans de Theke schret',
Dä Weeth, wie en de Wolke, perplär un ganz komfus
'Ne schäle Grosche packte hä heimlich en de Fus,
Hä schlech sich an et Fränzche, verbeugte sich galant
Un bauten ehr verläge, dä Groschen en de Hand;
Hä paaschten ehr verstolle en Bützchen op der Mungk
Un hatt bobei gelestig ehr beef en 't Aug gelunk.
Der Ahl em Thekekaaste, der woob et no zo bunt,
Mer hoot sei wöbig schreie, su hat se schreie kunnt:
„De Männer zo verfööhre, bo goht ehr wahl drop us,
Eran ehr Bräuerschpooschte un werft bat Minsch erus."

Die Zang hat et gerose, de Pooschte rökten an,
Do brängk et Volk en Masse sich an et Fränz eran,
De Stammgäss' all bie stunte ber Weethsfrau op der
                                                    Sik',
Su gohv et öm en Bützche 'ne jämmerliche Strik'.
Der Weeth dä woll it schötze, weil hä et sälver scholb,
Do krähg auch hä sing Knuze, no reß imm sing Gebolb;

Dröm holf hä singe Pooschte un worf dä Weul erus
Un zeigte singe Gäste, datt hä der Här em Hus.

Mer liss' vun groose Hälden en mänch Geschichtenbooch,
Un wie en Freiheitskreege et Volk sich tapfer schlog,
Doch kann doran nit tippe, wat bo met Hälbemoth
An Bülen un an Blötschen allein gelissert woob;
De bässte Sonnbagswöhpcher, bie woobe ruineet
Un mänche Botzenbobbem, bä sung et lätzte Leed.
Kein Ank sung dat Zerschlage, bis ändlich en der Sooth,
De Fründschass un der Fribbe no avgeschlosse woob.
Un als uns ärm Schnurrante, zerressen un zersätz,
Do woob et inne beitze su quabblich öm et Hätz.
Der ärme Quätschenbüggel, bä wor no koot un klein,
De Gittah lohg en Stökker am Bobbem usenein.

Der Künstler wünschten Alle vör Woth de Pästiläuz,
Met singem einen Arme, bo hilt hä sass' et Fränz;
'Mem and're bäht hä säge, wie rohssig en der Looch,
Fing wie en Raav an schänge un floochte wie en Booch:
„Waat jet, boo schäle Räuber! Pass' op, boo Prinz=
                                        Rabbau!
Doo gäle Pässerläcker! Doo Wurm! Doo Schnüss'!
                                        Doo Krau!
Dich sall ich Mores lehre, Lööhrgasser Bürgerpack!
Komm ens erus boo Zibbel, dann bes boo rack suttü!
Doo — — — —"
Do schlog be Stemm imm üvver, — der Jüngling
                                        kunnt nit mieh.

Als hä be Justrumänte no stök'wies zo sich nohm,
'Ne Stadtscharschant pumadig erangewakkelt kohm,
Dann gohv et en der Lööhrgass' des Naachs ens Schlä=
                                                gerei,
Dann kohme Puliziste, wann Alles lang vörbei.

Wie bä Scharschant no ävvens en beschen Bahn gemaht,
Do leht hä sich verzälle, wat do sich zogebraht;
Doch kaum datt hä begresse, wat eintlich do passeet,
Do kohm die Katzegänesch, met ehr bä bekke Weeth,
Dä wollt se noch beschwichte, bo baut se inn zorök
Un säht dem Pulizisste: „No packt meer die ens flök,
Wie sollt et, bhät ich schwige, et met uns Wiever gonn,
Hööt Mann, esu e Völkche, muß unger Opsich stonn.
Wör't ehr jät ehter kumme, dann hät ehr sälvs gehoot
Wie he geschandt dat Fäntche, bat Irm sich opgefooht;
No bhot meer bä Gefalle, ich bebb' üch leeve Mann,
Schleift glich se nohm Kaschötche, ehr sollt 'nen Dhaler
                                                hann!"
„Nä Frau, git üch zofribbe," suh säht ehr bä Schar=
                                                schant:
„Denn'n ehr Kunzessione, die sin för Stadt un Land,
Wat bä do beklameete, bat steiht en jedem Booch,
Dat schingt ehr nit zo känne:

„Et es des Sängers Flooch!"”

Et Led vum Wing!

Parodie auf Peter's „Rheinlied".

Vor dem Kriege 1870/71.

Hööt ehr Lük', no loht üch sage,
Nirgends läv mer wie am Rhing,
Wann auch noch ju vill jitz klage
Üvver all bä schlächte Wing.
Nor am Rhing, do wel' ich levve,
Meer et nirgens ju gefällt,
Wo et nätte Mädcher gevve,
Freud un Loss' sich noch erhält.

Unse Wing hööt mer besinge
En mänch wunderschönem Led,
Die inn lovve, wel' meer schinge.
Hann der Krätzer nie probeet.

Wann de Weeth inn nor ju gevve
Wie gewahßen es der Wing,
Doch mer wäben't noch erlevve,
Datt meer All vergeff ens sin.

Dhun de Weeth auch All bran mölsche,
Uns Gemöth mäht hä nit soor,
Dann meer sin un blieve Köllsche
Un der Wetz geiht nit zum Troor.
All be Krätz bhun sich verärve,
Trotz dem allersoorste Wing,
Muss' vergess mer doch ens sterve,
Stirv et schönste sich am Rhing!

An der Alster, an der Pleiße,
En dem schöne Sachseland,
Un wie all be Bäch noch heiße,
Die nit nöhter meer bekannt,
Gohve bozomohl alb Schoores
Dütsche dem Franzosepack,
Un meer lehre sei noch Mores,
Maache sei en neu Attack.

Die Franzose, loht se kumme
He an unsen bütsche Rhing
Met de Fahne, Fläut' un Trumme,
Meer empfange sei nit sing:

Soore Wing meer inne gevve,
Bis se langsam dut b'ran gonn;
Un die dat noch üvverlevve,
Einzel vör de Schnüsse schlonn.

Nach dem Kriege.

Soore Wing för die Kanallje
Wor uns Dütsche noch zo schab,
En Battallje, op Battallje,
Ha'meer sei kabuk gemaht.
Wer sich en die Saach wel' mänge,
Die allein meer usgemaht,
Demm dhun meer dä Sooren bränge
Dä för Frankreich wor parat.

Mätternich hät bomohls kräge
(Weil der Nummel imm bekannt)
't Bässte, wat am Ring geläge:
Schloß Johannisberg met Land.
Hä kann jitz sich revanscheere:
Bis zum lätzten Droppe Wing,
Die Zaldate zo trakteere,
De gerätt' der bütsche Ring!

Änblich ha'mer, wat meer wolt'e:
't Älsass'=Lotheringer Land,
Un de grööste Wältrevolte
Rieß et uns nit us der Hand.

För krakielige Natore,
Die der Soore mäht nor krank
Hann e Meddel ich zo loore:
Dukke sei en Appeldrank!